너도 군대가니?

육군훈련소 지휘관들의 詩 이야기

너 군대가니?

구재서, 최용성, 김대성, 이승훈, 이성동, 임승규, 공찬식, 이기영, 하수경 지음

차
례

1부. 훈련병들의 이야기
- 훈련은 전투다 각개전투

연무대의 외침 / 십자가와 훈련병 / 실로암 / 젊은 용사 / 입학 전날과 입영 전날 /
입영하는 날 / 훈련소 입영행사 / 눈물 / 비 오는 훈련소 / 아들과 훈련병 /
훈련소에서의 첫날밤 / 어쩔 수가 없다 / 아침점호 / 침상과 이층침대 / 왼발 /
틀림? 다름이네 / 배식조 / 웃음체조 / 첫 입맞춤 / 까스 / 문을 나서며 / 수류탄 /
수류탄 믿음 / 수류탄과 파란하늘 / 본색 / 한 발 / 각개전투 / 훈련은 전투다 각개전투 /
행군 / 비처럼 별처럼 아픔처럼 / 때 / 수료식 / 새로운 시작을 축복하며 / 더하기 /
막대기 하나 / 신연무대역 / 내 나이 스무 살 / 스무 살2 / 육군훈련소 오행시

2부. 조교, 그리고 교관들의 이야기
- 정병육성 그 고귀한 임무완수를 위하여

분대장의 미소 / 분대장 / 군가 소리 / 빨간 모자 / 분대장 / 특이사항 없습니다 /
춥고 배고픈 그들을 위해 / 나도 훈련병 이었네 / 취사병 삽으로 나라 지킨다 /
취사병 / 처럼 될 수 있을까 / 고참 / 휴가 / 당부1. 휴가 가는 날 / 당부2. 팩트 /
훈련병 바라기 / 외치는 소리

발간사

3,000여 명
매주 육군훈련소에
입영(入營)한다

15,000여 명
현재 육군훈련소에서 훈련중이다

120,000여 명
연간 육군훈련소에서 훈련받고 배출된다

그곳에 늘 노심초사하는 지휘관들이 있다
가장 위험한 곳!
가장 힘든 곳!
그곳에 지휘관들이 함께 한다

그들이 시를 썼다
시를 배워본 적도
한번도 써본 적이 없는 그들이 총과 함께 펜을 들었다

부모님의 마음으로
훈련병들을 바라본다

훈련병들이
생활관에서
연병장에서
훈련장에서 땀을 흘린다

그들이 흘린 땀방울은 영롱한 빛이 되어
훈련병을 전사(戰士)로 인도한다

육군훈련소를 거쳐간 모든 이에게!
육군훈련소를 사랑하는 모든 이에게!
이 시(詩)를 모두 바친다

_ 2019. 10. 1 육군훈련소장 구재서

프롤로그

훈련소장 구재서
꽃보다 아름다운 청춘! 훈련병!
그들은 우리의 존재이유다. 그들과 함께하기에 행복하다. 그래서
그들을 날마다 노래한다.

참모장 최용성
즐거움과 행복함, 가치와 생각! 내 안에 있는 감성들이 글로 솟아
나왔다.

제23교육연대장 김대성
화려하고 아름다운 언어는 아니지만 시를 쓴다는 것에 가슴 떨립
니다.

제25교육연대장 이승훈
시를 쓰면서 늘 주변에 있었던 전우와 가족들이 더 소중하고 사랑
스럽게 다가왔습니다.

저는 요즘 매일 시를 읽습니다. 성경의 시편에는 다윗(David)이라는 옛 이스라엘왕이 쓴 시들이 있습니다.

그가 왕이 되기 전, 군인의 신분이었을 때 쓴 시들도 있습니다.

한 군인이 쓴 시들이 수천년이 지난 지금에도 살아있는 힘이 되고 있습니다. 그가 들었던 칼보다도 강합니다.

이제 대한민국 육군훈련소의 군인들이 시를 씁니다.

그들이 든 총보다 강한 힘으로 우리 모두의 마음을 울리는 시들입니다. 시집발간을 진심으로 축하드리고, 기획하신 구재서 소장님 축복합니다!

_ 조혜련 (개그우먼, 배우)

사시사철 아름다운 꽃이 만개(滿開)하는 곳이 있습니다. 육군훈련소 병영입니다. 꽃의 이름은 '독서문화'. 이 문화를 선도(先導)하는 간부들이 아름다운 생각을 서로 직조해 시집을 펴냈기에 제 가슴 속 백만 송이 꽃다발을 꺼내 축하합니다.

「세한도」를 창작한 추사 김정희가 이런 명문장을 남겼습니다. '가슴 속에 만 권의 책이 들어있어야 그것이 흘러넘쳐서 그림과 글이 된다.'

'독만권서(讀萬卷書)' 하려는 자세가 창작을 위한 올바른 자세임을 설파하고 있지요. 시작(詩作)은 '글로 그림을 그리는 창의적 유희'입니다. 앞으로는 병영 안 만인(萬人)이 '독만권서' 하면서 글로 그림을 그리는 문화의 꽃도 만개하길 응원 합니다.

_ 이미도 (외화번역가 작가, 『이미도의 언어 상영관』 짓고 펴냄)

이렇게 소박하면서도 아름다운 글을 읽을 수 있어 행복하다. 태산처럼 굳세고 거목처럼 강건한 이들의 깊은 곳에서 울려나오는 부드러움. 이것이 바로 사랑이고, 존재의 의미이며, 곧 중심이다.

_ 박범신 (작가)

청소년 시절에 가졌던 작은꿈이 청년의 때에 수많은 고비속에 무너질뻔 했었는데, '군대'라는 새로운 삶에 적응하다 처음으로 접하고 쓰기 시작했던 한편 한편의 시들을 모아 사병의 이야기를 병장 때 처음 출판한 '어느날 문득' 이란 첫시집이 나온지 23년이 흘렀습니다. 이제 매번 만나는 군인들을 훈련 시키고 가르치는 지휘관들의 이야기를 시로 만나며 다시 한번 나의 군인 시절의 모습을 떠올리며 그때는 느끼지 못했던 마음들을 떠올려 보게됩니다. 부디 이마음 그대로 물려받은 더 귀한 젊은이들이 많아지길 소망해 봅니다.

_ 임우현 목사 (징검다리선교회 대표)

1부

훈련병들의
이야기

훈련은 전투다 각개전투

연무대의 외침

구재서

계백의 정기 맑고
관창의 어린 넋이 깃든 이곳에
우리 모였네

웅장한 황산벌에
새벽을 흔드는 연무의 나팔소리 널리 울리네

대한의 청년이 연무대에 모여
동고동락 외치며
우리 가족
우리 국민
우리 강산
우리가 지키자며
우리 모였네

오천 년 역사 이어온 우리
이제는 우리 차례라며
서로 다짐하네

십자가와 훈련병

구재서

채찍질

못 박히심

조롱과 멸시

십자가에 달리심

3일간의 무덤 속

부활하여

구세주가 되셨네

입영장정

제식훈련

사격과 수류탄

화생방

각개전투와 행군

타는 목마름

5주의 고난과 인내

태극기를 달고 용사로 거듭나

온 국민 지킴이가 되었네

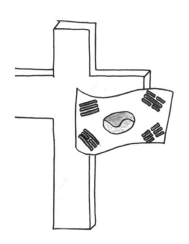

실로암

실로암
육군훈련소에서 훈련병이 제일 즐겨 부르는 노래다

매주 일요일 종교행사 시간
5천 명이 한목소리로 외친다

'어두운 밤에
깜깜한 밤에 새벽을 찾아 떠난다
당신 눈 속에 여명 있음을 나는 느낄 수 있었소
오 주여 당신께 감사하리다'

노랫말 사이사이에
각!
개!
전!
투!
를 한목소리로 외친다

훈련 기간 힘이 들고 어려운 훈련병들

소경이 태어날 때부터 앞못보는 불편과 고통을

실로암에서 치유받듯

위로받고 싶은 그들의 마음이

오늘따라 가슴 깊이 저려온다

젊은 용사

최용성

'국방의무'라는 한마디에 모든 것을 놓고 입대했다
사랑하는 가족, 친구, 일터…
나와 같이 있던 모든 것들과

장하지 않은가!
무엇이 이들의 소중한 것을 내려놓고
고난과 인내의 길을 택하게 하였는가
감사할 뿐이다

비록 아직은 약하고 어설퍼 보여도
그들은 가슴속에 용기와 결단을 간직한
장한 대한의 아들이다

우리는 기다린다
그날의 용기와 결단이 최정예 전사로 탄생할 날을
백마 탄 초인을 기다렸던 바로 그 마음으로

입학 전날과 입영 전날

이승훈

초등학교 입학 전날
엄마는 걱정이 반 설렘이 반
근심이 반
기대가 반

마음을 모아 기도합니다
학교생활 잘 하기를

훈련소 입영 전날
엄마는 아들의 대견함은 잠시
걱정 한가득
근심 한가득

온 마음을 모아
정성을 다해 기도합니다

건강하기를
사고 없기를

입영하는 날

이성동

내 앞에 한 여자가 울고 있다
그 앞에 한 청년이 슬퍼한다

내 앞에 한 남자가 울고 있다
그 앞에 한 청년이 슬퍼한다

슬퍼하는 여자와 남자
모든 훈련병의 부모님이지 않을까?

그들의 눈물을 닦아주기 위해 우리는 무엇을 할 수 있을까?

오늘도 그들의 '손수건'이 되기를 희망한다

- 입영식에서 헤어짐을 아쉬워하며 눈물 흘리는 부모님을 보면서 ……

훈련소 입영행사

공찬식

"집 떠나 열차 타고 훈련소로 가는 날
가슴속에 무엇인가 아쉬움이 남지만
풀 한포기 친구 얼굴 모든 것이 새롭다"

다시 시작이다

이곳은 "별 없는 하늘"이 아니며
별을 향한 청춘의 불타는 사랑과 투쟁의 장소이다

고난을 이겨내고 인생 도약의 시기로 만드는 것은
경계에 선 자로서 주체적인 삶을 사는 자기 자신이니

죽기 전까지 자기 자신에 대한 무한 사랑과 무한 신뢰로
군대를 최고의 대학으로 만드는 것은 자기 자신이다

인생 최고의 대학 입학식을 진심으로 축하드립니다

– 입영심사대에서 인생 최고의 대학 입학식을 주관하면서 느낀 소회

눈물

이기영

아버지는 어린 딸이 만든 엉성한 음식에 기뻐했지만
자라난 딸은 요리를 잘 하지 못했다

그런 딸이 시집을 가,
처음으로 아버지를 위해 음식을 만든다
정성스레 준비한 재료에 '보고픔'까지 함께 넣어...,

딸의 눈에도 그리움이 왈칵 차오르고,
딸이 만든 요리를 받은 아버지는
먹기도 전에 딸이 넣은 그리움을 먼저 맛본다.
음식과, 눈물과, 딸을 키운 지난 세월의 추억을 같이 삼킨다

어머니는 아들을 품는 걸 좋아하지만
다 자란 아들은 어느 순간 그 품을 떠난다

그런 아들이 군에 입대하여,

처음으로 집에 보낼 소포를 준비한다

군에 올 때 입은 옷을 개고, 신발을 포장한다

'보고픔'까지 함께 넣어....,

아들의 눈에도 그리움이 뚝뚝 떨어지고,

소포를 받은 어머니는

상자를 열기도 전 아들이 보낸 그리움을 먼저 맡는다

눈물과 함께 아들을 키워낸

지난 세월의 추억을 같이 맡는다

세상의 아버지와 어머니는

자식이 보낸 맛과 냄새를 맡기도 전에

눈물을 먼저 흐른다

- 다 큰 딸이 아버지를 위해서 하는 요리와, 청년이 된 아들이 훈련소에 입대한 후
  자신이 입고 온 옷을 보내는 과정에서 부모의 눈물을 그렸습니다.

비 오는 훈련소

공찬식

내리는 비에는 옷이 젖지만
쏟아지는 그리움은 마음을 젖게 한다

고향에 있는 부모님과 꽃님이도
그리움에 젖고 있겠지

더위를 떨어내고
가을을 재촉하는 그리움은 나 일런지

훈련병의 눈망울에 그리움이 쌓이네
훈련소의 대지에도 쌓이는 그리움으로 적막이 되어 가네

- 비오는 훈련소를 혼자 걸으면서 그리움에 젖는 나의 마음

아들과 훈련병

부모님은 생각한다

나의 아들은 철이 없어 걱정이다
군인은 철들어 안심이다

나의 아들은 아무것도 할 수 없을 것 같이 어리다
군인은 모든 것을 할 수 있을 것 같은 군인 아저씨다

훈련소에 보낸 부모님의 마음은 아들과 군인 사이
어느 부분에 있으리라 생각할까?

우리의 희생 배려 사랑으로
그들의 아들이 빨리 군인이 되기를 희망한다

- 입영식 후 아들과 헤어지는 아쉬움을 가지고 돌아가는 부모님을 보면서 ……

훈련소에서의 첫날밤

임승규

내 옆에 누군가 자고 있다 어색하다

꿈을 낚으려 하나 낚이지 않는다 그립다

옆 친구도 그 그리움을
코로 외치나 보다

기나긴 첫날밤이 될 것 같다

어쩔 수가 없다

김대성

잠을 깼다 네 시다 휴
또 깼다 다섯 시다 휴
또 깼다 여섯 시다 휴
또 깼다 여섯 시 이십 분 아
십 분밖에 안 남았다

훈련병의 아침에 대한 두려움
어쩔 수가 없다

- 1991년 기초군사훈련 시절, 나도 그랬다.

아침점호

공찬식

아침을 깨우는 기상신호
알토에 맞추어 스트레칭
하루를 시작한다

어제 연습용 수류탄 투척은 몸에 통증을 주지만
마음은 오늘 실 수류탄 투척으로
잊혀진다

I can do의 자신감으로 충만된 발걸음은
오와 열 왼발과 함께
우리를 연병장으로 인도한다

1중대 인원 장비 이상무 애국가 제창 육군복무신조
조국기도문 낭독 국군도수체조 뜀걸음...

30초간 웃음과 허깅으로
우리 모두의 아름다운 하루를 기원한다

Carpe diem! 오늘을 즐기자!

오늘도 나는 대한민국의 자긍심이 충만하고
유능한 전사가 되어간다

- 활기찬 아침점호에서 오늘을 즐기는 삶은 시작된다.

침상과 이층침대

이성동

지금까지 침상에서 꿈꾸었네
낮은 바닥에서 낮은 꿈을 꾸었네

이제부터 2층 침대에서 꿈꾸네
높은 곳에서 높은 꿈을 꾸겠네

나만의 1평 남짓 침대라는 이 공간

이곳에서
나와 부모님 그리고 대한민국를 위해
높은 꿈을 꾸고 싶네

- 침상형에서 2층 침대형으로 바뀐 생활관에서 잠자는 훈련병들을 보면서 ……

왼 발

임승규

지금까진 몰랐네 왼발의 소중함을

왼발! 왼발! 한 발마다
그리움이 맺히네 여자친구의 얼굴

만번 외치면 그리움이 만남 되려나

그래서 크게 외치네. 왼발! 왼발!

틀림? 다름이네

임승규

옆 친구는 왼발부터 양말을 신는다
나는 오른쪽부터 신는데

우유를 안 먹는 친구도 있네
나는 우유를 잘 먹는데

처음엔 틀렸다 생각했다
이상한 놈이다

틀림이 아니고 다름이다
예뻐 보인다 그 친구

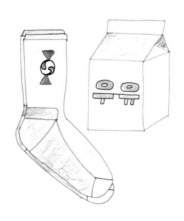

배식조

임승규

앗! 불고기 반갑지 않다

배식 실패의 따가운 눈길
정의로운 배식에 대한 소대원들의 질타

정성껏 배식하며 웃음을 판다
휴! 성공이다

부담스럽다 잔반처리와
기름기

- 배식조 : 중대내에서 분대별로 순환하며 훈련병들의 배식과 잔반처리를
  도와주는 인원들을 말함

웃음체조

임승규

훈련병들이 웃을 일이 없단다
사실 나도 그닥 웃을 일이 없다

TV속 고관대작도 재벌도
웃을 일이 많지는 않은 것 같다

그래도 웃어야 한다 행복해 진다니

행복해서 웃는 것이 아니다
웃으니 행복해지는 것이다

웃음은 행복을 부르는 마중물
행복을 퍼 올려야겠다

웃음체조 시작 하! 하! 하!
행복하다 지금

첫 입맞춤

이승훈

선뜻 내키지 않았다
군복 입고하는 첫 입맞춤

사람들이 보는 앞에서 하는
찐한 입맞춤

부끄럽지 않았다
당당했었다
.
.
.
.
.

나와 애니와의 첫 입맞춤

까스

김대성

숨이 막힌다
한번 들숨에 나는
들이키지 말아야 할 것을
들이켰다

참아야 했다고
후회할 틈도 없다

눈물과 콧물과 침 사이를 비집고
계속 들이대는 가스

얼마나 흘렀을까
한줄기의 빛 사이로
빛의 속도로 달려나가는
나와 동료들을 보며

시원한 공기와 물로
씻겨 나가는
눈물과 콧물과 침과 가스를 보며

다짐한다

나의 고통스러웠던 기침은

적을 향한 경고이며

나의 눈물은

내 부모님에 대한 감사함이며

나의 콧물은

내 미래에 대한 희망이며

나의 침은

사랑하는 꽃순이와의

찐한 키스임을

- 화생방 실습시간에 눈물, 콧물, 침이 범벅이 된 훈련병을 보면서

문을 나서며

이승훈

파아란 하늘과
시원한 바람

아카시아 나무의 달콤한 향과
푸른 나뭇잎들

그런데 나는 문을 나서며
눈물을 흘린다
.
.
.
.
.

아! 화생방 훈련

수류탄

공찬식

두려움과 호기심에 가득한 사슴 눈망울

1조 입장
나는 할 수 있다 아자아자 파이팅!
투척장으로 당당하게 내딛는 발걸음

수류탄 인계 표적확인 허깅
안전클립 제거 안전핀 고리에 넣어
안전핀 뽑아 던져

꽝! 꽝! 꽝!
두려움은 자신감과 자존감으로 승화되어
나는 군인이 되어간다
대한민국의 육군 용사가 되어간다

- 자신감과 자존심으로 승화되어 군인이 되어 가는 훈련병을 바라보는 기쁨

수류탄 믿음

이성동

조그마한 수류탄
야구공보다 조그만한데 걱정되네요
단순하게 생긴 수류탄
핸드폰보다 단순한데 걱정되네요

긴장하고 있나요?
두렵나요?
걱정되나요?

걱정하지 마세요
당신은 잘 할 수 있어요
당신 주변에는
당신을 위해 희생하고 배려하는 분대장이 있어요
당신 옆에는
당신을 위해 모든 것을 헌신하는 소대장이 있어요

믿으세요

당신의 능력을!

또 믿으세요

당신을 사랑하는 모든 사람을!

– 수류탄을 던지기 위해 기다리고 있는 훈련병의 긴장된 얼굴을 보면서 ……

수류탄과 파란하늘

이성동

나를 사랑하는 모든 이들의 기대를 가지며
수류탄을 꼭 쥐어본다

'나는 대한민국의 멋진 청년이다!
나는 대한민국의 멋진 군인이다!'

해체된 안전클립과 안전핀
수류탄을 꼭 잡고 파란 하늘을 올려다본다

할 수 있다
해야 한다

하늘을 향해 힘껏 던진다
수류탄은 안전손잡이를 벗어던지고 힘차게 날아간다

쿵 쾅 쾅!
하얀 물보라가 파란 하늘 도화지에 흩뿌려진다

멋지게 해냈다

현재 이 시간 이 장소!
사랑한다! 나의 모든 것들을

- 수류탄을 던지고 난 후 해냈다는 자신감으로 웃음 짓는 훈련병을 보면서 ……

본색

이기영

솔방울이 익어 솔나무 줄기를 떠나
바닥으로 떨어진다
약이 되고, 차가 되고, 나무의 씨앗이 되고....,
잎을 떠난 후에야 본색이 드러난다

훈련병의 손을 떠나 자유낙하 하던 수류탄이
표적지의 물속으로 사라진다
커다란 폭발음이 되고 물기둥이 되고,
해냈다는 훈련병의 웃음이 된다
손을 떠난 후에야 훈련의 본색인 자신감이 드러난다

소년이 어머니 품을 떠나
훈련소에 입소한다
청년이 되고, 군인이 되고, 성인이 되고
품을 떠난 후에야 소년의 본색인 청년이 드러난다

- 익숙한 것을 떠남으로써 진가가 드러나는 것의 진리를 병영생활을 통해 깨달으며

한 발

김대성

20발을 쏴서
적 20명을 쓰러뜨릴 수 있다면
제일 좋으나
그럴 수가 없다

내 호흡은 떨리고
내 손가락도 떨린다

한 발은
적의 심장을 향해

한 발은 다가올 각개전투와
행군을 위해

한 발은
그동안 살아왔던 나의 나태함에

넘어가라 넘어가라

다짐하며

그렇게

한 발 한 발

온 힘을 다해

쏘고 또 쏘았다

불합격이라도 기분은 좋다

적어도

적 한 명과

적어도

다가올 힘든 훈련에 대한 두려움과

적어도

나의 나태했던 삶에

명중했으니까

그렇게 떨리는 호흡과

그렇게 움직이는 손가락에도

그렇게 한 발 한 발

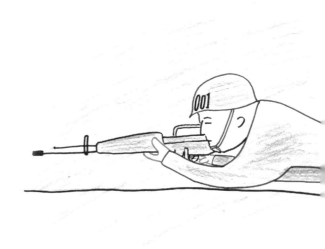

- 사격 불합격에도 의연한 모습으로 사선을 내려오는 훈련병을 보면서

각개전투

그리운가
아니 그립지 않습니다
그냥 숨이 찹니다

보고픈가
아니 보고프지 않습니다
그냥 쉬고 싶을 뿐입니다

힘이 드느냐
아니 힘들지 않습니다
그냥 시간이 너무 안 갑니다

그립지도 보고프지도
힘들지도 않았던 그날 밤
꿈에서 만나 남몰래 눈물지었던
그 그리움과 보고픔

그리고 가장 힘든 각개전투를 해냈다는 안도감과 자신감

그렇게 안 가던 시간에도

성큼 다가온 수료식

그래 고지가 눈앞이다

- 가장 힘든 각개전투를 마치고 복귀하는 훈련병들의 자신감 넘치는 모습에서

훈련은 전투다 각개전투

임승규

성전을 울리는 함성
훈련은 전투다! 각개전투!

수료하나 보다 저들은

땀이 눈을 찌르고
전투복은 진흙으로 무겁다

팔꿈치와 무릎이 아프고
발걸음은 더 무거워진다

비장한 눈빛으로 착검
힘찬 함성으로 목표로 뛰어본다

이번 주는 나도 외칠 수 있다
훈련은 전투다! 각개전투!

- 수료 전 주일 예배에 참석한 인원들은 "훈련은 전투다! 각개전투!"라는 구호를
  외치며 수료의 기쁨을 표현하곤 한다.

행 군

공찬식

새벽안개를 마시면서
아침을 걷는다

왜 걸어야 하는지
어디까지 가야 하는지
무작정 걷는다

자연과 신을 생각하며
존재함을 느끼면서
나를 인식하며 걷는다

그리고 걷는다 또 걷는다

- 새벽 안개를 걷는 훈련병과 천리행군 시 나를 Overlap하며

비처럼 별처럼 아픔처럼

김대성

질흙 같은 새벽에도
온 산과 들에
비는 별처럼 내렸다

땀도 내렸다
속옷과 전투복과 탄띠에도
군장 속 모포까지도
땀은 별처럼 내렸다

아픔도 내렸다
군장 끈이 파고드는 어깨와
신발 밑창에 파고드는 발바닥까지
아픔은 별처럼 내렸다

그리움도 내렸다
사랑하는 부모님과 꽃순이도
가슴속에 사무친 그리움은
별처럼 내렸다

그렇게
비처럼 별처럼 아픔처럼
그리움처럼

그렇게
한 발 한 발 내딛는 발걸음

그렇게
한 발 한 발 다가오는 주둔지

그렇게
한 발 한 발 다가오는
부모님과 꽃순이

- 조기기상모델 적용으로 새벽에 행군하는 훈련병들을 보며

때

이기영

커피가 완성되는 시간
메이커에서 2분

컵라면이 익는 시간
용기 속에서 4분

빵 반죽이 숙성되는 시간
틀안에서 1일

훈련병이 군인이 되는 시간
훈련소에서 5주

모든 것에는 참아야 하는 때가 있다

- 무엇이든 기다림의 시간이 필요하고, 훈련소에서도 그것은 마찬가지 입니다

 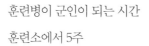

수료식

임승규

아들이 들어온다 힘찬 발걸음으로

어디 갔나 찾는다 뽀얗고 귀여운 아들을
어디 있나 찾는다 그을린 자랑스러운 용사를

훈련병은 이등병이 되어 포효한다
기쁨의 환호이자 시작의 다짐이다

오늘의 수료가 군생활의 자신감으로
지금의 군생활이 인생의 디딤돌로 다가오길 기도한다

새로운 시작을 축복하며

공찬식

그들을 본다
아직은 어색하지만 당당한 보행
새로운 출발에 대한 기대와 두려움의 눈빛
우윳빛에서 구릿빛으로 아름다워진 피부

부모님들을 본다
달걀을 깨고 아브라삭스의 신비로 향하는
그들에 대한 연민과 애련함이
진중고의 울림 속에 승화됨을 느낀다

나를 본다
폭풍우처럼 다가올 삶의 무게를 헤쳐나갈 권능을
줄탁동시 하였는지

데미안은 말한다

"새가 알에서 나오려고 애쓴다

알은 곧 세계다

태어나려고 하는 자는 하나의 세계를 파괴해야 한다"

나도 말하고 싶다

달걀처럼 우리가 외부의 힘으로 깨지면 생명의 나는 없다

내부의 힘 자각으로 깨지면 생명은 시작된다

또 말하고 싶다

괜찮아 잘 안되면 또 하면 돼

삶이 너를 힘들게 해도 이 또한 지나가는 거야

나를 사랑하면서 또 하면 돼

넌 할 수 있어 파이팅!

- 새로운 시작을 축복하며 당당한 그들의 모습이 아름답다.

더하기

김대성

36 + 105 + 250 = 1

36 훈련소에서 지낸 날
105 훈련소에서 먹은 끼니
250 훈련소에서 걸은 거리

그렇게 가슴에 단 계급장
막대기 하나

- 36일을 자고, 105끼니를 먹고, 250km를 걸어야 이등병이 된다.

막대기 하나

이성동

6주간 치열했던 시간들
그 결과는 가슴에 막대기 하나

고급스러운 훈장은 아니지만
그들에게는 가장 값진 막대기 하나

내일이면 사랑했던 동기들을 뒤로하고 헤어지겠지

하지만 그들의 머리에는
훈련소의 끝이 새로운 시작임을 안다
그들의 가슴에는 새로운 시작의
화산이 용암처럼 뿜어진다

고생했다 사랑한다!
이제 너희는 '대한민국의 멋진 청년이다
대한민국의 멋진 군인'이다

- 수료식을 앞두고 사용했던 물건들을 정리하는 훈련병 얼굴을 보면서 ……

신연무대역

이성동

10량의 기차
고개 숙인 나락 옆에 서있네

빨간 옷의 군악대
파란 기차 옆에 묘하게 어울린다

훈련소를 거쳐간 훈련병만이 이용할 수 있는
신연무대역 VIP 쿠폰!

잘 가라고 손 흔드는 빨간 모자
힘차게 다시 시작하라는 군악대의 군가 소리

그들을 배웅하는 현수막에 이렇게 적혀 있다

'모든 것을 할 수 있는 나이고
모든 것을 할 수 있는 나이다'

언제 올지는 모르지만 가슴 한 편에는 기억이 되리라

마지막 기적 소리 후 바퀴는 돌아간다
철커덩 철커덩!
미지의 세계로 이제 출발이다

사랑한다 연무대
행복했다 육군훈련소

- 신연무대역에서 배출 기차를 타기 위해 기다리는 훈련병들의 모습을 보면서 ……

내 나이 스무 살

내 나이 스무 살,
아이에서 훌쩍 커버린 나 자신에 놀라는 반쪽 아이
집 앞 PC방 3번 좌석이 편안하고
편의점의 1500원짜리 커피가 익숙한 ……,

내 나이 스무 살,
인생의 자유를 처음 느끼는 초보 어른
아침에 하는 면도가 어색하고
더 이상 가지 않아도 되는 학원에 불안한 ……,

내 나이 스무 살,
정든 것과의 이별을 두려워하는 반쪽 어른
훈련소 앞에서 보내야 하는 여자친구가 벌써 그립고
익숙한 것들이 그리울 것 같은 ……,

내 나이 스무 살,

처음 입은 군복이 아직은 불편한 초짜 군인

기상나팔 소리에 일어나기 힘들고

군장이 무거워 멀리 걸을 것을 벌써 걱정하는 ……;

이런 스무 살이 나 혼자가 아닌 이곳,

그곳의 다른 스무 살들도

참고, 견디고, 기다리고, 그리워하고 있다는 것을 알았다

뜨거운 스무 살의 하루를 건너가는

그 느낌만이 다를 뿐

- "입대한 스무 살" 들의 생각과 고민을 표현해 보았습니다.

스무 살2

이기영

몸서리쳐도 느낄 수 없고
하루 종일 원망하고 탓해도
깨닫지 못하는 것

틀에 박힌 위로와 단조롭고 지친 희망으로도
알지 못하는 것

세상 사람들이 모두 지나왔으나
지날 때는 결코 모르는 것

우리 인생의 찬란한 스무 살은
지나고 나서야 그 소중함을
비로소 깨닫게 된다

- 스무 살의 느낌과 가치를 말해보고 싶었습니다.

내 군대기씨

육군훈련소 오행시

하수경

눈앞에 검정모자 소대장
뒤를 따라가는 훈련병들

문득 오행시가 떠오른다
육군훈련소

육! 육군에는 훈련소가 있단다
군! 군인이 되는 곳이란다
훈! 훈련병들의 고향이라고 한단다
련! 연무대라고도 불린단다
소! 소대장 분대장 훈련병들의 땀과 열정이 서린 곳이란다

그들이 진정 육군훈련소의 주인이다
그들은 대한민국의 진정한 주인이다

- 소대장 인솔 하 이동 중인 훈련병들을 보면서 문득 떠오른 오행시

2부
조교, 그리고 교관들의 이야기

정병육성
그 고귀한 임무완수를 위하여

분대장의 미소

구재서

귀여운 애완견
집안 분위기 확!

칭찬 한마디
어색한 관계가 확!

분대장의 미소
훈련병 마음을 확!

분대장

최용성

육군훈련소의 꽃 그들은 분대장이다
이제 막 군인이 된 그의 임무는
얼마나 크고 자랑스러운가!
때론 그의 과중한 어깨를 보며 미안한 마음도 든다

이제 막 군인이 된 그가 분대장이 되길 원한다
얼마나 사랑스러운가!
돌이켜 내 어린 날을 보면 그 용기와 마음이
새삼 더 크게 다가온다

아이에게 아이를 맡긴다
조금 먼저 시작했다고?
네가 원했으니까?
이제 막 군인이 된 그 어깨의 무게를 덜어주고 싶다

토닥여주고 싶다
그는 누구도 대신할 수 없는 육군훈련소의 꽃이다
우리 모두가 아끼고 사랑하는 꽃이다

군가 소리

최용성

가슴을 뛰게 하는 소리
전우가 듣고 힘내는 소리
힘들 때 듣고 힘나는 소리

함께 할 때 더 우렁찬 단결의 소리
군화 소리가 어울려 화음이 되는 소리
우리 모두가 사랑하고 사랑해야 할 소리
군가 소리!

빨간 모자

이성동

교육대 앞에 빨간 모자들
바삐 바삐 움직이네

손과 어깨에 짊어진 종이박스들
이리저리로 옮겨지네

누구를 위한 것인가?

생면부지의 또래 훈련병들
그들을 위해 값진 땀을 흘린다

빨간 모자는
희생이다!
배려이다!
사랑이다!

나도 그들과 함께 하고 싶네
나도 빨간 모자를 쓰고 싶네

- 다음 훈련병을 위해 땀 흘리며 보급품을 정리하는 분대장들을 보면서 ······

분대장

분대장이 어려운 건
걷고 말하고 먹는 모습까지
반듯해야 하기 때문이다
훈련병은 분대장을 닮는다

분대장이 힘든 건
지치고 귀찮고 하기 싫을 때
의연해야 하기 때문이다
훈련병은 지칠 때 분대장을 바라본다

분대장이 고달픈 건
숨차고 뒤쳐지고 싶을 때
앞서가야 하기 때문이다
훈련병은 포기하고 싶을 때
분대장의 뒷모습을 바라본다

- 훈련병을 위해 뒷모습 까지 모범을 보여야 하는 분대장의 노고와 가치를
  알려 보고 싶었습니다. 분대장 직위가 손 쉽게 얻을 수 없는 것이라는 것도
  포함해서 말이죠.

특이사항 없습니다

2117명의 훈련병이 교육받고 있는 오늘도
지휘관인 나는 보고를 받습니다

'특이사항 없습니다'

하지만
지휘관인 나는 압니다

취사병들은 새벽부터 일어나
밥을 하고 있고

분대장들은 훈련병보다 일찍 일어나고
늦게 잠든다는 것을

의무병들은 밤새 의무실을
지키고

보급병들은 혹서기 한낮에
에어컨도 없는 보급창고 안에서

전투복 치수를 맞추느라

굵은 땀방울을

흘리고 있다는 것을

지휘관인 나는 봅니다

소대장들은 힘들어하는 훈련병들과

밤늦게까지 면담을 하고

행정보급관들은 가끔씩

막힌 화장실의 오수관을 뚫다가

벼락(?)을 맞는다는 것을

교육대장 중대장들은

훈련병의 건강과 안전을 위해 노심초사하고

참모들은 늘 나의 분신이 되어

동분 서주하고 있다는 것을

지휘관인 나는 봅니다

'특이사항 없습니다' 보고 안에

사랑하는 부대원들의
굵은 땀과
모자라는 새벽 잠과
군인으로 책임감과
나라에 대한 진정성을

춥고 배고픈 그들을 위해

이성동

시베리아 동토는 춥다
다이어트 할 때는 배고프다

그런데
우리 훈련병은 느낀다

훈련소는 시베리아 동토보다 더 춥다
훈련소는 다이어트 할 때보다 더 배고프다

몸이 춥고 배고픈 것은 아닌데
마음이 춥고 배고프게 만드는 것은 아닐까

빨간 모자 분대장
검정 모자 소대장 중대장
이들은 그래서 더욱 더 힘들다

훈련병의 몸이 아닌 마음을 보살펴야 한다

마음을 움직여야 하는 빨간 모자, 검정 모자
그들의 노력에 고개 숙여 감사한다

- 항상 춥고 배고픈 훈련병의 몸과 마음을 살피는 분대장, 소대장들을 보면서 ……

나도 훈련병 이었네

임승규

바보인지 알았다
발을 못 맞춰서

화가 난다
멍하니 크게 뜬 눈을 보니

문득 눈에 띄인 내 소나기 속
나의 모습 나도 그랬다

입영이라는 핵펀치가 주는 충격감
누군가와 함께 잔다는 불편함

이해하기 힘든 분대장의 불편한 가르침
잔반처리와 배식조의 불쾌감

내게는 일상인 것들이
이들에겐 어색하고 어려울 듯

석 달 지나 아련하지만
나도 훈련병이었다

취사병 삽으로 나라 지킨다

임승규

30도가 넘는 폭염 180도 열기의 대형 솥
이곳이 취사병의 전장터

취사병 삽은 오늘도
3,000명 분의 가지나물을 뒤집는다

이 맛난 음식 훈련병들 근육 되고
이들이 이 나라를 지켜 나갈 것이다

물줄기같이 이마에 흐르는 땀 속에서
오늘도 취사병 삽으로 나라를 지킨다

취사병

매 끼니 3천여 명이
매일 만여 명이
매월 30만여 명이
매년 360만여 명이
줄을 서서 기다린다
나의 요리를

난 전국 최고의 맛집
최고의 요리사다

- 매 끼니 3천여 명의 양을 조리하는 취사병들의 노고를 생각하며

82 내 군대가서

처럼 될 수 있을까

나도 해처럼 뜨거울 수 있을까
차가운 얼굴이 아닌, 뜨거운 가슴으로 다른 이를 마주하는
그처럼 될 수 있을까

나도 달처럼 따뜻할 수 있을까
무표정이 아닌, 따스한 마음으로 다른 이를 어루만지는
그처럼 될 수 있을까

나도 별처럼 깨워줄 수 있을까
구석이 아닌, 항상 있어야 할 곳에서 다른 이의
앞길을 비추어 주는
그처럼 될 수 있을까

나도 바람처럼 자유로울 수 있을까
빽빽함 아닌, 자유로움으로 드나들며 다른 이에게
그처럼 될 수 있을까

마음이 어려운 날에
곁에 있는 것만으로도 위로가 되는
차가운 샘물같이 깨끗한 마음으로
나를 씻어 길을 알려주는
그처럼 되고 싶다

- 어려움에 처한 훈련병의 마음을 살피는 '게이트기퍼'를 생각하며

고참

이기영

헤어짐을 아쉬워하는
어머니의 눈물을 짐짓 모른체하며
흐르는 땀을 하릴없이 쏟으며
나는 이등병이 되었다

삭막한 선임들의 눈치를 삼키고
낯선 곳에서의 외로움을 달래며
나는 일등병이 되었다

생각보다 힘들고 생각보다 귀찮은
일상을 삼키고
반복의 지루함을 이기고
나는 상등병이 되었다

수많은 날들의 고민과 수많은 날들의 상념을
삼키고 삭이고 내뱉고 바라보면서
나는 이런 고참이 되었다

- 이등병이 입대 후 많은 인내 속에 고참병이 되어가는 과정을 그리고 싶었습니다.
  특히 계급마다 느끼는 어려움을 표현하고 싶었는데
  그것을 어머니 눈물, 외로움, 지루함으로 말해 보았습니다.

휴가

이기영

군생활 간 휴가만큼
기다려지는 것이 또 있을까
놀랍게도 그 휴가는 두 가지 축복을 우리에게 가져온다

출발은 활기찬 희망으로 우리를 들뜨게 하고
돌아옴은 차분한 현실로 우리를 인도한다

이렇게 우리의 일상은 희망과 현실이 뒤섞여 있는 것
돌아옴이 있어야 떠남이 희망이 됨을 알기에

오늘도 차분한 일상 속에 휴가를 고대한다

- 휴가를 떠나는 들뜬 모습과 복귀할 때 보이는 경직된 얼굴들을 보고

당부 1. 휴가 가는 날

김대성

오매불망
아들 휴가 나오기만을 기다린
부모님을 뒤로한 채

왔어요 하고 나간 뒤

친구들과 밤새도록 술 마시고
피방가서 밤새도록 겜하는 것도
좋긴한데

부모님이 해주신 밥 같이 먹으면서

엄마 밥 한 그릇 더 주세요
아빠 국 한 그릇 더 주세요 하면

밥 한 그릇 국 한 그릇 더 떠주시는
엄마 아빠 맘이
얼마나 따뜻해질까

- 기간 장병 휴가 출발 날 꼭 해주는 말

당부 2. 팩트

김대성

군생활을 하면서 많이 헤어진다
그것이 팩트다

웃기는 것은
전역한 후에 남자가 차기도 한다
그것이 팩트다

기다려줬더라면 네가 찰 수도 있는
여자였다
그것이 팩트다

변심했다고
행여 엉뚱한 생각 말아라

더 좋은 여자는 얼마든지 있다
그것이 팩트다

- 군생활 중 여자친구와 헤어진 용사를 위하여

훈련병 바라기

김대성

유구한 세월이 흘렀다
봄마다 꽃과 나비는
아름다운 날개를 펄럭이며
나를 유혹했고

한여름 태양은
뜨겁게 나를 부르고
비바람은 모질게 나를 다그쳤다

가을 하늘 높이 종달새 우짖고
한겨울 거센 칼바람과
하이안 눈 나를 감싸도

나는 움직이지 않는다

지난밤 달도 다녀갔고
새벽에는 별빛 내리고
영롱한 이슬 내 머리 위에 앉아도
커다란 뱀과 종달새
아름다운 귀뚜라미
인사를 해도
나는 움직이지 않는다

나는
훈련병의 거친 숨소리와
우렁찬 구호에

나는 훈련병의 뜨거운 눈빛과
그을린 얼굴

나는 훈련병의 목줄기를 따라 흐르는 굵은 땀방울과

나는 훈련병의 휴식시간
그들이 먹다 흘리는 수통의
물을 받아

나는 그렇게 보고
나는 그렇게 먹고산다

나는 오로지 훈련병만 본다

- 지난 6월 각개전투 교장 산딸기를 떠올리며

외치는 소리

임승규

먼 옛날 광야에서 외치는 소리가 있어
사람들은 진리를 알고 구원을 얻었다

연무대에도 외치는 소리가 있어
훈련병들에게 평안과 기쁨을 준다

어두운 밤 깜깜한 밤에
오늘도 외치는 소리 훈련병을 위해

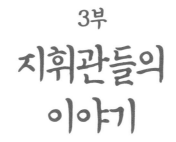

3부
지휘관들의
이야기

오로지 부대와 부하를 위하여

광복은 끝나지 않았다

구재서

빼앗겼습니다
억눌렸습니다
고통당했습니다
모든 걸 잃었습니다

그러나 우리는
일어섰습니다
뭉쳤습니다
외쳤습니다
싸웠습니다
드디어 되찾았습니다

74년간 상처를 싸매며

회복해 나갔습니다

성장했습니다

이만큼 성숙해졌습니다

아물던 상처를 옆에서 찌르네요

참 아프네요

아픔을 통해

더욱 성숙해진다지만

참 밉네요

그러나 다시 넘어질 순 없기에

아니 넘어져선 안되기에

또다시 물러설 순 없기에

한 번 더 일어서 외칩니다

대한민국 파이팅

- 광복 74주년을 맞이하여 경제보복, 독도망언을 이어가는
  일본을 바라보며 지은 시

문맹

구재서

과거의 문맹은 글맹
어제의 문맹은 컴맹

오늘의 문맹은 폰맹

미래의 문맹은

부하의 마음을 읽지 못하는 심맹(心盲)

내 인생의 8할

구재서

모두가 100이라면
지구 면적의 8할 가까이가 바다라지요
공기 중 거의 8할이 질소라지요
신체 중 수분이 8할에 가깝다지요
정사각형 안에 꽉 찬 원의 면적이 8할에 가깝다지요

내 마음은 무엇으로 가득 차있나요
부정보다는 긍정의 마음을
불평보다는 감사를
비난보다는 격려를
자존심보다는 자존감을
과거보다는 미래를 우리의 가슴에 8할 이상 채워보리라

정의로운 분노

구재서

사사로운 분노는 화를 불러 몸을 망가트린다
정의로운 분노는 새로운 생명의 씨앗을 잉태한다

사사로운 분노는 병을 낳는다
정의로운 분노는 새로운 에너지를 불러일으킨다

사사로운 분노는 시기와 질투
자존심과 허영심에서 비롯되지만
정의로운 분노는 역사의식과 사명의식
믿음에서 출발한다

사사로운 분노는 결국 우리를 허망한 죽음으로
안내하지만
정의로운 분노는 조국을 살리는 원동력이 된다

내 안의 연무대

구재서

나는 그들을 사랑한다
그들이 있어 행복하다
그들이 참 좋다

그들에게 말한다
나 아닌 누군가를 사랑하자고

그들은 말없이 떠나간다
나는 믿는다
어딘가에서도

아침 열기

최용성

군인의 아침은 분주하다
밤새 달라진 게 뭐 있을까마는
작은 다름도 군인에게는 의미가 있다

어제와 같은 오늘은 없다
군인의 아침은 분주하지만 소중한 시간이다

소중한 아침의 분주함에 감사한다

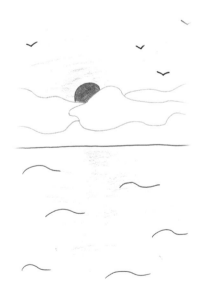

길

최용성

저마다의 길에는 의미가 있다

화랑대에 경춘선
연무대에는 호남선

길은 이곳과 저곳을 잇고
그리움도 잇는다
그 길의 끝이 인내인지 고뇌인지는
놓인 길이 아닌 사람이 할 탓

저마다의 길에는 의미가 있다

- 육군훈련소 옆으로 지나는 호남고속도로 위에 훈련장으로 가는 육교가 있다.
  훈련병들이 그 길을 지날 때 느끼는 마음을 생각해 보았다.

습관 만들기

최용성

아주 오래전
전투화 끈은 V 자로
하의는 왼발부터
발걸음도 왼발부터

밥 먹을 때는...
사격 할 때는...
약진 할 때는...
방독면을 쓸 때는...

좋은 습관을 만드는 건 쉽지 않다
하지만 몸에 밴 좋은 습관은 생명을 살린다
좋은 전투습관

존재 가치

이성동

여기가 어딘가
무얼 하고 있는가

이곳에서
당신을
사랑해야지

내가 있어야 할 이유가 아닐까?

- 훈련병과 부하들의 모습을 보면서 지휘관으로서 각오를 새롭게 다지기 위해 ……

나의 각오

이성동

희생했나요! 내가
배려했나요! 당신에게
사랑했나요! 우리를
지금 해 보세요

나와 당신과 우리가
행복해질 거예요

– 훈련소에서 남을 위해 가져야 할 마음이 무엇일까 하는 생각을 하면서 ……

매너리즘

김대성

840발 탄통에 839발이
있을 수도 있다
사람이 하기 때문이다

지금껏 문제가 없던 것은
앞으로도 생기지 않는다?

지금껏 문제가 없던 것은
앞으로
생길 확률이 더 많은 것이다
사람이 하기 때문이다

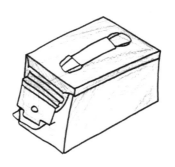

2019. 8. 18

김대성

2019년 8월 18일
취임한지 8개월째

우리 훈련소와 우리 연대와
우리 연대원들을

처음보다 8배 사랑하고
있는 날

스스로 서는 사람

이승훈

군인은 스스로 서는 사람이다
위와 아래의 혼돈 가운데
오른쪽과 왼쪽의 혼돈 가운데
절망과 희망의 혼돈 가운데
평화와 전란의 혼돈 가운데

군인은 홀로 서는 사람이다
나와 우리의 경계에
선과 악의 경계에
오만과 낙담의 경계에
삶과 죽음의 경계에

그곳에 서서 사실을 바탕으로
나와 너 그리고 우리를
살리는 사람이다

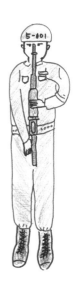

흐름

김대성

사랑하는 아내를 바라보는 내 눈에
꿀이 흐른다

사랑하는 부하를 바라보는 내 눈에도
꿀이 흘러야 한다

조직을 위해
부하를 꾸짖을 때
내 가슴엔 피멍이 흘러야 한다

그래야 꾸짖을 수 있는
자격이 흐르는 것이다

휴가

김대성

미군들은 노헤드 데이라고 부른다
해병대에서는 무두절이라고 부른다

그렇다
나의 휴가는 부하들에게
전투휴무이자 기념일이다

정기적으로
부하들에게 기념일을 선물하자

가끔은
불규칙적으로

가끔은
롱 텀으로

피노키오의 코

이성동

저녁에 핸드폰이 울린다
가슴이 철렁해진다

훈련병이 다쳤다고 한다
가슴이 미어진다

건강한 내 아들 얼굴을 쳐다본다
가슴이 아프다

입영식에서 눈물짓는 어머님께 약속했다
내 아들같이 돌보겠다고

나는 거짓말쟁이이다

피노키오의 길어진 코가 기억난다
나는 코가 길어지기를 바라지 않는데

다시 한번 각오한다
나는 짧은 코가 좋다!

- 어느 저녁 훈련병이 다쳤다는 보고를 받고 미안한 마음을 달래면서 ……

전역자 간담회와 진리

김대성

군 복무기간이 28개월이던
소대장 시절부터
18개월이 된 지금까지
전역하는 녀석들의 얘기는
두 마디로 요약된다

첫째 군생활 정말 빨리 끝납니다
그래
하루하루가 힘들었어도
돌이켜보면 빠르지
이 녀석들 정말 수고 많았다

둘째 요즘 후임들 너무 빠졌습니다
이 녀석들 너희들이 막내 때도
전역하는 선임들이 너희를 보고 한 말이다

옛날이나 지금이나
변하지 않는 진리는

아무리 군이 좋아지고
아무리 선임들이 잘해줘도
이등병이고 막내는 힘들다는 것이다

내일 전역하기까지
후임들과 얘기도 많이 하고
힘이 되는 얘기를 많이 해 주거라

눈을 감아봐라 뭐가 보이는가
아무것도 안 보입니다
그게 니 남은 군생활이다
이런 얘기하면 각오해라 이 녀석들

이제야 알았습니다

이승훈

과학 책에서 배웠습니다
공식도 외우고 시험도 봤습니다
만유인력을 안다고 생각했습니다

그런데

가을에 낙엽이 떨어지고
훈련병의 얼굴에 땀이 흐르고
높이 던진 수류탄이 표적에 떨어지는 것이

그것인지 몰랐습니다

책 속에 만유인력보다
떨어지는 사과가 먼저였다는 것을
이제야 알았습니다

리더십 책을 읽었습니다
명장들의 유튜브도 보았습니다
소대와 중대 대대 연대
부대가 커지면서
리더십도 커진다고 생각했습니다

그런데

내가 치켜든 엄지 척에
간부의 얼굴이 환해지고

내가 이름을 불러 줄 때
병사의 표정에 놀라움이 묻어나는 것과

너희들이 있어 고맙다는 말에
모두 웃으며 쑥스러워 하는 것이

그것인지 몰랐습니다

책 속에 리더십보다
나에게 보내는 전우들의
표정과 몸짓이 말하는 것이
먼저라는 것을
이제야 알았습니다

나의 실로암 군대

임승규

어둡고 깜깜한 밤이다
외롭고 초라하다 내 자신이

생각해 본다
내가 좋아하는 것과 잘 하는 것들을

듣고 본다 그리고 대화한다
전우의 경험과 장점을

그 옛날 실로암에선
소경이 눈을 떴다

나도 이곳에서 내 자신을 찾고
마음도 치유코자 한다

짧지 않은 18개월
나의 실로암이 되길

– 개인적 환경에 의해 보지 못했던 자신의 능력과 비전을
　군생활간 발견하고 행복한 미래를 꿈꾸기 바란다.

전화

김대성

비가 많이 내리는 새벽 4시
울리는 한 통의 전화
들컥 겁이 났다

충성 부대 이상 없습니다
휴

비가 많이 와서 기상시간 조정하겠습니다
그래 알았다
보고해줘서 고맙다

햇빛이 강렬하게 내리쬐는
토요일 오후
울리는 한 통의 전화
들컥 겁이 났다

충성 부대 이상없습니다
휴

약속 없으시면

저녁 같이하고 싶습니다

그래 알았다

전화해줘서 고맙다

전투의 최종상태

이승훈

전투의 최종 상태는

평범한 나의 일상으로
돌아갈 수 있는 것

사랑하는 가족들과 함께
된장찌개에 김치를 놓고 저녁을 먹고

저녁 준비를 하는데 신문을 본다고
투덜대는 아내의 잔소리를 듣는 것

아빠의 등에 몰래 올라타
매달리는 아들에게
한번만 더하면 혼난다라고
인상을 쓰고

책들과 노트북 공책과 볼펜으로
어질러진 방을 보고
내일은 정리해라라고
넌지시 경고를 보내지만

잠든 아이들의 얼굴을 보며
미소 지을 수 있는 것

이러한 평범한 일상으로
상관과 부하 동료들이
자유롭게 돌아갈 수 있게 하는 것

이것이 전투의 최종상태다

나만 모르는 비밀

임승규

밝게 웃어준다 나의 손짓에
예 라고 대답한다 내 말씀에
밝고 깨끗하다 내가 가는 곳마다

정말 내가 좋은 것인가
정말 내가 옳은 것인가
곳곳에 이른 새벽의 피로와 땀이 느껴진다

이곳엔 나만 모르는 비밀이 많은 것 같다
소통과 솔선수범이 해답인 것 같다
고맙고 사랑스럽다 부하들이

계급과 직책

임승규

높다고 옳은 건 아닙니다
낮다고 죄송한 것도 아니지요

우린 모두 군인입니다
계급은 직책 부여를 위한 자격증이죠

중대장이 소대장보다 높은 건 아닙니다
연대장이 중대장보다 높은 것도 아니지요

우린 모두 군인입니다
직책은 계급에 따라 부여되는 역할이지요

언젠가 또 다른 자격증으로
또 다른 역할을 하겠지요

우린 모두 군인입니다

그럴 수도 있지요

임승규

말을 많이 하지 마세요
거짓말이 있을 수 있어요

절대라고 하지 마세요
언젠가 절대가 아닐 수 있어요

위만 보고 걷지 마세요
돌부리에 치일 수 있어요

나 자신에겐 엄격하게 하세요
부하에겐 그럴 수도 있어 하세요

그 한마디가 많은 것을 잊게 하지요

후유증 (부제 : 지붕 위 훈련병)

하수경

앗 지붕 위를 보았다
구름이 걸쳐 있다
휴 다행이다

앗 뛰어가는 간부를 보았다
운동하러 가는 것이다
휴 다행이다

어느새 새가슴이 되어버린 나
그래도 다행이다
별일 없어서

- 훈련병 한 명이 뛰어내릴 목적으로 막사 지붕으로 올라가려고 시도한 적이 있다.
  그 후 지붕만 봐도 아찔한 나의 모습에서 ……

지휘관심

하수경

입이 닳도록 말했다
이거는 이렇게 하고
저거는 하지 말고
애들 교육하고 부대일지 기록하고
나는 잔소리 대마왕이 되었다

발에 땀이 나도록 다녔다
생활관과 취사장과 훈련장에
하루에도 몇 번씩 다녔고
나는 순찰 대마왕이 되었다

눈이 아프도록 보았다
훈련병과 분대장과 간부들과
하루에 몇 번이고 눈을 마주쳤고
나는 눈빛 대마왕이 되었다

그러나 나는 아직도
지휘관심이 부족하다

잔소리 순찰 눈빛 대마왕이지만
나는 아직도
해야 할 잔소리와
걸어 다녀야 할 것들과
보아야 할 부하들이 너무 많다

나는 지휘관심이 부족하다

- '지휘관심 부족'이란 말이 가장 맘이 아픈 지휘관들을 위로하고자 ……

아닌 사람은

이기영

군인이 아닌 사람은
훈련 후 마시는 한 잔 수통물이
축복인지 모를 거다

군인이 아닌 사람은
거친 모포 속에서 청하는
잠의 소중함을 모를 거다

군인이 아닌 사람은
일과 후 휴대전화에 수신된
기다리던 사람이 보낸 메시지의 반가움을 모를 거다

군인이 아닌 사람은
동료의 땀 냄새가 나라를 위해
노력했던 댓가 였음을 알지 못할 거다

군인이 아닌 사람은
부대 옆 버스정류장에 핀
야생화의 아름다움을 알지 못할 거다

군인이 아닌 사람은

지금까지 자신이 어머님의

기적이었음을 알지 못할 거다

군인이 아닌 사람은

무더운 날 햇살을 뚫고 행군하는

청년들의 소중함을 알지 못할 거다

그들이 우리를 지키는 영혼들임을

결코 알지 못할 거다

- 군인이 된 청년들에게 군인의 멋과 가치를 말하고 싶었습니다.

휴일의 쉼이란

이성동

쉬는 것이 쉬는 것이 아니다

머릿속에는 온통 부대 일로 뒤죽박죽!
훈련병들은 어떻게 지낼까
당직 근무는 잘하고 있는지
시설물은 이상 없는지
종교활동은 잘 하고 있는지

서론 본론 결론 없이 뒤죽박죽이다

하지만 나 자신과 부모님들과 약속했다
그들을 아들같이 조카같이 잘 데리고 있겠다고

부모님들과 나 자신의 기대를 저버리면 안 된다
그것이 국가와 육군에서 준 나의 사명이다

쉼은 사명과 손잡고 같이 갈 때 가장 행복하다
'쉼 또한 일이다'

- 집에서 이상하게 불안한 생각이 마음을 힘들게 할 때 ⋯⋯

훈련소의 일상

이승훈

13,000여 명의 훈련병들이

아침에 일어나 점호를 하고 식사를 했다

23연대는 화생방훈련
25연대는 사격훈련
26연대는 실 수류탄 투척
27연대는 화생방 가스실습
28연대는 각개전투훈련
29연대는 20km 완전군장 행군
30연대는 3km 체력측정을 했다

교육훈련을 마치고 목욕을 하고
저녁을 먹은 후 휴식을 취했다

저녁 점호 후 취침에 들어갔다
아무 일이 없었다
·
·
·
기적이다

시그널

하수경

9563001

9563002

9563003

뭐지 이 번호

9563001

9563002

9563003

부대원이 나에게 보내는 신호였다

나를 필요로 하는

9563001

9563002

9563003

울리기만 해라

즉각 달려갈 테니

9563001

9563002

9563003

부대원을 향한

나의 출동 대기 상태는

오늘도 이상 없다

불면증

하수경

당신과 내가 처음 만나던 날
강한 울림과 눈부신 빛
세상을 뒤흔드는 강한 떨림에
매 순간 뜬 눈으로 당신을 맞이했죠

그래도 처음엔 괜찮았는데
어느덧 잦은 우리의 만남은
나를 너무 버겁게 하네요

이제는 그만
강하게 맘을 먹지만
오늘도 어김없이
당신을 맞이하게 되네요
어둠 속을 비추는 불빛
한숨 소리와 함께

바탕화면

하수경

한참 놀 때인 초등학생 아들은
게임과 유튜브 앱만 한가득

한참 방황 중인 고등학생 아들은
인강과 음원 앱만 한가득

한참 골프에 몰입하는 애 아빠는
골프 관련 앱만 한가득

자나깨나 신병만 생각하는 난
날씨 관련 앱만 한가득

- 관심사에 따라 휴대전화의 바탕화면이 ……

잔소리

하수경

팔씨름하지 마라
팔 부러진다

관물대에서 일어서지 마라
머리 다친다

뱀한테 까불지 마라
물린다

창문 넘지 마라
허리 부러진다

차렷하지 마라
많이 다친다

너희들이 다치면
부모님 가슴도
내 가슴도 찢어진다

- 매번 강조해도 훈련병은 이런저런 일로 다친다. 왜 그럴까?

4부
우리 모두의
이야기

행복 그 소소한 일상

거울 그리고 창문

구재서

나를 본다
나만 보인다
거울에서는!

세상을 본다
하늘을 본다
나도 보인다
창문에서는!

배아픔 보다 배고픔이 낫다

구재서

배고픔은 음식으로 해결되지만
시기와 질투로 인한 배아픔은 약이 없다

하찮은 일

최용성

하찮은 일은 없다
중요한 일을 하찮게 생각하고
하찮게 만든 우리가 있을 뿐

쉬운 일, 간단한 일, 누구나 할 수 있는 일
그러나 꾸준히 해야 할 일
우리 軍을 지키는 일

하찮은 일은 없다
작은 일이 모여서 소중한 일이 된다

내가 하지 않는 일

최용성

내가 하지 않는 일을 부하에게 시키지 마라
그도 싫어하니까

내가 하지 않을 일을 하라고 하지 마라
어차피 실패할 테니

내가 기쁘게 하지 않는 일은 그 사람도 기쁘지 않다
누군가 기뻐할 일을 내가 해야 한다

내가 하지 않는 일을 부하에게 시키지 마라
그의 마음을 알게 될까 두렵다

- 주한 미군 중에 시의 내용과 유사한 부대 훈을 가진 부대를 보고
  그 느낌을 적어보았다.

자녀

최용성

부모는 자녀를 보면서 자신을 돌아본다
현재보다 나은 미래를 기대하듯
나보다 나은 자녀의 미래를 기대한다

나보다 더 크고
나보다 더 건강하고
나보다 더 잘 살고
나보다 더 행복하기를 바란다
이런 간절함이 행복하다

뒤돌아 보니 남는 아쉬움!
그 간절함을 위해 무엇을 했는지...
그리고 다짐한다
더 많이 노력하고 더 많이 사랑하겠노라고

시

최용성

꿈꾸지 않던 일이 생겼다
내가 시를 쓰다니
시 낭송을 하다니

내가 시집을 낼 줄은 꿈에도 몰랐다
꿈꾸지 않던 즐거움이 생겼다

연무대 교회에서

공찬식

내어 던져진 자의 퀘렌시아
별을 찾지 못하는 영혼들에게
일으킴을 주는 안식처

거대한 성전의 장엄함보다는
영혼들의
기쁨과 희망의 눈빛이 아름답다

그 아름다운 눈빛이
밀알이 되어
깊은 뿌리가 되어
아레테를 추구하는
삶이 되기를 기도합니다

- 아레테를 추구하는 영혼들의 눈빛이 아름답다.

커피를 주고 싶네

임승규

한 잔의 향기로운 커피를 마신다

긴 세월 태양과 싸워 맺은 열매

검은 손과 땀방울

열사의 인내로 고운 자태를 갖추네

그리고 내게 주네 맛과 향기를

나는 오늘 내 맛과 향기를 당신께 주고 싶네

\- 관사 마당에서 생두를 로스팅하며 커피 한 잔의 소중함을 깨닫는다.
  이러한 소중함을 여러분들께 드리고 싶다.

아 시가 보인다

이승훈

하늘에 구름이 가득하다
달이 떠오르지 않는다

머리에 생각이 가득하다
시가 떠오르지 않는다

구름이 지나간다

아 시가 보인다

마음 요리

이기영

후라이팬을 불에 올리고
적당히 따뜻해 지기를
기다려야 한다

따뜻해진 팬에는
양파도, 계란도, 고기도
잘 어우러진다

대화를 나누기 전
다른 이의 눈빛에 내 마음을 맞추고
따뜻해지기를 기다려야 한다

따뜻해진 마음에는
다른 이의 사연과 아픔도 잘 어우러진다

- 어울리기 위해서는 자신의 마음부터 따뜻해야 합니다.

사랑하는 전우에게

이승훈

나를 용서하는 것처럼
남을 용서하고

나를 사랑하는 것처럼
남을 사랑하자

아니면

남을 용서하는 것처럼
나를 용서하고

남을 사랑하는 것처럼
나를 사랑하자

이 둘 중에 하나는 하자

노병의 훈련소 방문

공찬식

움푹 패인 삶의 흔적 너머에
생기와 불굴의 의지로 빛나는 두 눈은
대한민국을 존재하게 한 육군의 근원이었다

오, 젊은이의 자랑! 육군훈련소!
이곳에서 바친 청춘은 웅장한 황산벌을 넘어
이 나라의 초석을 다졌고
"아무도 흔들 수 없는 나라"를 만들었다

감사합니다 고맙습니다
이제 어깨에 메인 군장을 벗으시고
후배들의 힘찬 발걸음을 믿어 주십시오
선배님들이 만드신 "아무도 흔들 수 없는 나라"를
더욱 굳건히 하겠습니다

- 훈련소에서 청춘을 바친 노병에게 바치는 노래

시를 쓴다는 것

공찬식

"시인은 벌이 꿀을 모으듯 한평생 의미를 모으고
모으다가 끝에 가서 어쩌면 10행쯤 되는
좋은 시를 쓸 수 있을지도 모른다"

"시란 사람들이 생각하듯 감정이 아니기 때문이다
시는 체험이다
한 행의 시를 위해
시인은 많은 도시 사람 물건들을 보아야 한다"

"하지만 체험의 추억을 가지는 것만으로는 충분치 않다
추억이 많으면 그것들을
잊을 수 있어야 한다"

"추억이 되살아올 것을 기다리는

큰 인내가 있어야 한다

추억이 내 안에서 피가 되고

시선과 몸짓이 되고

나 자신과 구별되지 않을 만큼

이름 없는 것이 되어야

그때에야 비로소……"

감정의 쓰레기가 아닌 체험이 추억이 되고

추억이 피가 되고 시선과 몸짓이 되는

자기 자신의 삶을 이야기하였는지

새벽이 다가올 때까지

사색의 향기로 아침을 연다

- 릴케의 <말테의 수기>를 읽으면서 나의 시를 생각한다.

고군산도에서의 워크숍

공찬식

평사낙안을 바라보며
바다에 풍덩 빠지는 짜릿함

부대에서의 딱딱함을 벗어던지고
함께라는 일체감을 가지는 시간

신선이 걷는듯한 장자대교
대장도의 할매바위에 인사하고
대장봉에서 서해를 음미한다

충무 이순신 연대 파이팅!

- 2019년 하계 연대본부 워크숍을 고군산도에서

그녀의 웃음

하수경

그녀가 웃는다 나는 좋다

그녀가 웃는다 그녀도 좋을까

웃음 속에 가려진 번뇌

그래도 그녀는 웃는다 멋지다

결핍과 멈춤

이기영

'결핍'이 없으면 '열망'의 의미를
알기 어렵다

'멈춤'이 없다면 '여유로움'의 의미를
깨닫기 어렵다

젊은 영혼에게 병영은 건전한 '결핍'과
잠깐의 '멈춤'을 허락하는 곳

이 '결핍'과 '멈춤'의 의미를 이해하지 못하면

젊은 인생을 건강하게 열망하고
떨어져 바라보는 여유를 갖기 어렵다

- 친숙한 일상과 이별한 청춘들에게 인생의 의미를 말해보고 싶었습니다.

일상

하수경

정들만 하면 헤어지고
새로운 인연이 기다린다

알만 하면 헤어지고
미지의 세계로 들어간다

긴장 속의 첫 만남
아쉬움 속의 헤어짐

반복되지만 똑같은 것은 없다

- 매 기수 새로운 신병을 맞이하며

온기

이기영

누군가의 따스한 시선과
관심의 온기를 경험한 사람은
가슴이 느끼는 따뜻함을
평생 기억하리,
차가운 현실에 부딪힐지라도
외로워하지 않으며
아픔과 시련을 딛고 일어서리

따스한 공감의 눈빛과 온정이야말로
감싸는 산이 되고 숲이 되어
향기로 남는다는 것을 알게 되리

누군가에게 손을 내밀어 체온의
온기를 전해본 사람은
차가움이 따뜻함으로 바뀌는 기적을 잊지 못하리,
어둠에 휩싸여 움직이기 어려울 자라도
밝은 꿈으로 움츠리지 않고 버텨내리

누군가를 감싸는 따스한 품과 온정의 손길이야말로 강물이 되고
별빛이 된다는 것을 알게 되리

세상은 어떠하여도
서로의 체온과 온기를 나누어
기뻐할 줄 아는 사람들을 기다리리
우리가 만든 온기가 우리를 지켜준다는 것을
알게 되리

- 전우들간에 나누는 따스한 소통의 가치를 알리고 싶었습니다.

에필로그

훈련소장 구재서
고난의 바람이 불어와도, 역경의 소낙비가 쏟아져도, 고통의 태풍
이 몰려와도, 결코 쓰러지지 않는 아니 쓰러지더라도 다시 일어서
는 청춘들을 위해 앞으로도 영원히 노래하리라!

참모장 최용성
머리 속에 있던 생각의 조각들을 글로 정리해 본 소중했던 시간.
좀 더 천천히 많은 시간을 들였으면 더 좋았을까?

제23교육연대장 김대성
미약한 능력으로 시를 썼다는 것이 부끄럽게 느껴지지만 훈련소에
서 근무하거나 거쳐간 이들이 공감할 수 있다는 것에 행복합니다.

제25교육연대장 이승훈
나의 시가 모두의 지혜와 힘으로 시집이 되어가는 모습을 보며
"그 시작은 미약했으나 그 끝은 창대하리라"는 말이 떠올랐습니다.
모든 분들께 감사드립니다.

제26교육연대장 이성동

연무대에서 근무 18개월! 시를 통해 잠시 잊었던 군복을 입은 의미, 부하사랑에 대한 참뜻을 알게 해 주었다.

제27교육연대장 임승규

수료식에서 부모들은 용사를 보며 기뻐한다. 용사가 되어가는 과정속에서의 땀과 눈물을 표현하고자 했으나, 쉽지않은 일이었다.

제28교육연대장 공찬식

체험이 추억이 되고, 추억이 피가되고, 시선과 몸짓이 되는 나 자신의 삶을 이야기 하였는지……

제29교육연대장 이기영

스무살을 생각하며, 고된 훈련병을 생각하며, 차마 말로 하지 못했던 나의 고백~

제30교육연대장 하수경

훈련소 지휘관이기에 쓸 수 있었다. 내가 다시 이런 시를 쓸 수 있을까?

글
쓴
이

하수경(제30교육연대장), 이성동(제26교육연대장), 이승훈(제25교육연대장), 이기영(제29교육연대장),

하수경 이성동 이승훈 이기영

임승규(제27교육연대장), 구재서(육군훈련소장), 최용성(참모장), 공찬식(제28교육연대장), 김대성(제23교육연대장)

임승규 구재서 최용성 공찬식 김대성

- 그림 : 김홍기, 이한진, 최진석
- 편집 : 강동주, 이상화

너도 군대가니?

초판 1쇄 발행 | 2019년 10월 18일

지은이 | 구재서, 최용성, 김대성, 이승훈, 이성동, 임승규, 공찬식, 이기영, 하수경
펴낸이 | 박대용
펴낸곳 | 도서출판 징검다리

등록 | 1998. 4. 3. No.10-1574
주소 | 경기도 파주시 산남로 289
전화 | 031)957-3890   **팩스** | 031)957-3889
이메일 | zinggumdari@hanmail.net

디자인 | 오브디자인 ovdesign.kr
캘리그라피 | 김세진
ISBN | 978-89-6146-161-0 (03810)

이 책의 인세는 『육군 위국헌신기금』으로 기부됩니다.